朱い鳥居

高科 幸子

Yukiko Takashina

文芸社

目次

空を飛ぶ

気が付くと、わたしは空中を漂っていた。

ここはどこなのだろう。白いもやの流れる中をふわふわと浮いていて、よくわからない。

もやが顔に当たると、ひんやりと冷たくてここちよい。

ときどき、そのもやの切れ目から、景色が見える。

ずっと下の方に、こんもりとした森がある。

どこまでも続く、木々。

ときおり、木の葉が揺れ、リスや小鳥など、小さな動物たちが顔を覗かせる。

木にはたくさんの実が生《な》っていて、みんなそれを食べに来ている。

豊かな森。

突然、もやを抜けた。
広がる濃い青色の空。
後ろを向くと、もやだと思っていたのは、
「雲」
どうやら雲の中を漂っていたらしい。
澄み渡った、美しい空。
わたしの少し下を鳥が飛んでいる。
鳥より高く、わたしは飛んでいるのだ。
なんて気持ちがよいのかしら。

森のずっと向こうに田畑があり、小さな村がある。
そこは夏らしい。
ちらちら見える人たちは、みんな、半そでを着ているようだもの。
けれど、ここから見えるこんもりした山々の頂は、うっすらと黄色に色づき始めている。

山の上の方から、ゆっくりと秋が下りてくるのだ。

あんなに暑かった夏はいったいどこに行ってしまったのかと思うほど、涼しい風がもうすぐ吹くようになる。


とはいえ、ふもとの方はまだ暑く、人々が空を見上げている。

風を待っているのだ。

風は山の頂の葉を揺らし、そして、だんだんと下の方へ行く。

歩いている人が、自分のところまで吹いてくるのを待っている。


もう少し山の奥の方まで行ってみよう。

遠く、人があまり入り込めない深い森へ飛んでいってみよう。

『あれ？　わたしは空を飛んでいるの？』

飛ぶというより漂うように、ここにいる。

見えない風に乗っているみたいに。

あそこに、古いつり橋がある。

あのあたりからあちらは、めったに人は行かないみたいだ。

道もほとんどないもの。

そうだ、今日はもっと奥に行ってみよう。

山の木々の葉がとてもきれいだ。

ちょっと下を飛んでみよう。気に入った場所で下りて、鹿や鳥や小さな動物たちと遊ぼう。

このあたりは、木の実の時期にはまだ早いかしら。

でもきっと少しはあるはず。

拾って遊ぼう。

あ、あんなところにリスがいる。

クルミを口の中の袋に入れて、顔があんなに膨らんでいる。

巣に持って帰るところなのだろう。

たくさんため込んで、冬に向けての準備をしているのだ、きっと。
少し下りていって見てみようかな。
巣の中はどんなかしら。
でも、そうっと行かないとね。
驚かせてはいけないもの。
巣には子供たちが待っているかもしれない。
親が帰ってくるのを。
このあたりから下りてみよう。
少しずつ飛ぶ位置を低くしていき、つま先ですうっと立って、木に近づく。
ほらね、やっぱり。
木の穴から、小さな顔が覗いている。
親を待っているのだ。
子リスはわたしに気が付くと、鼻をふんふんと鳴らした。
すぐ近くまで来た親リスが、立ち止まって心配そうに見ている。

でも、

『この人はだいじょうぶらしい』

とわかると、すぐに巣の中へ入ってしまった。

みんな、もっと奥の方へ。

中で、ゆっくりと食べるのだろう。

わたしは、つま先立ちでそのまま、すうっと上がっていった。

今度はあまり高くは飛ばないで、高い木のてっぺんの葉に少し触れるくらいのぎりぎりのところを飛んだ。

さらさらと、葉を手で触れながら――。


そして、木々を抜けて、草の原に出ると、また高くへ、ざあっと上がる。

どこまでも続く、山々。その合間にある、草の原。

わたしは高いところを飛んでいた。

さえぎるもののない、青く澄んだ空。

ときおり通る、白い雲。

雲の中は霧みたいで、中に入ると周りが全部白いもやになり、どちらが前なのかわからなくなる。

もやの中を飛んでいると、突然また、青くなった。

眩しくて目を瞬きながら、鳥やなにかにぶつからないように飛んだ。

目が慣れてくると、またあたりを見る。

下に、飛んでいる鳥がいる。

『わたしの方が、ずっと上を飛んでいるのだ』

なんだかうれしい。

以前はいつもわたしの方が、見上げていた。

『あんな高いところを鳥が飛んでいる。気持ちよさそうだなあ。上空は寒いかしら』

風を使って、それにふわりと乗るように、飛んでいる鳥。

いいなあと、そのときは、そんなふうに見ていたのに。

ときどき下りて、湧き水を飲んだりした。
冷たく澄んで、喉を潤す。
それはとてもおいしい。
お腹がすけば、木の実や果物をもいで食べる。
色の美しい実や、変わった形の実は、
『あとからツルでつなげて首飾りにしよう』
ポケットに入れる。

あるときは、朝陽に照らされて稲穂が光の色に輝く中、穂の上ぎりぎりのところを
手で触れながら飛ぶ。

またあるときは、紫色の花の咲く中を、裸足で歩く。
しっとりとした水気を感じながら。

日が昇るとともに目覚め、沈むとともに眠る。
木の上の方の葉に埋もれて。

それはなんて気持ちのよいこと。

誰もいない。
誰も来ない。
どこへ行ってもよいのだ。

そんなふうに過ごしていた。

ときおり、子供の声や、ざわめいた音が聞こえる。
でもそれは、ずっと遠くに感じる。

人の気配がしたので、そちらの方を向くと、ふっとそれは消えた。

わたしだけが木々の合間に立っている。

そんなとき、ざわざわと木の葉が揺れる。

小さな動物たちだ。

ふふっと微笑んで、わたしは彼らと遊ぶ。


そんなふうにして、いつも森や空のものたちと遊ぶ。

必要なことはみんなが教えてくれる。


「雨が降ってくるよ」

風の中から聞こえる。

それは直接語りかけてくれるのではなくて、心で感じるのだ。

「ありがとう。大きな葉を見つけて、持って飛ぶね。たくさん降ってきたら、葉の茂った木の下か、うろで休む」

木もわたしを助けてくれる。

一度、空の青に見とれていて、バランスを崩し、落ちそうになったとき、大きく広げた枝で受け止めてくれたみたいだった。

「ありがとう」

赤いきれいな木の実は食べてはいけない。でも、もし間違えて採ったとしても、毒草のそばには薬草が生えている。

土や木や周りのものが、そういうことを教えてくれる。

草や花は、さらさらと音を立て、風に揺れる。

竪琴のように。

それは、わたしの子守歌。

星を見ながら飛んで、流れる星と遊ぶ。

風も、木も、土も、草も、花も、星も、周りのものみんなが見ていてくれる。

木々の葉の間からときどき見える、ふもとの家々。

夕暮れ時は、煙突から白い湯気を出す。

おいしそうなにおいが、漂ってくるようだ。

色とりどりの花が、田のあぜ道、道端に咲いている。

小さな子らがタモを持って、ときどき森に入ってくる。

でも、森の奥に入るのは大人に止められているらしく、入り口のところで、

「ねえ、もう戻ろうよ。怒られるよ。ここから先は行ってはいけないんだよ。戻れなくなるんだよ。大人たちが言っていたじゃない」

うん、そうだ、そうだ、とほかの子たちも言いながら引き返してしまった。

外から見ると魅力的なのに、奥の方はこんもりと木々や葉が生い茂って、薄暗く、彼らにとっては、ちょっと怖く感じるみたいだ。

だから、すぐに出ていってしまう。

木や、風の声も、よく聞こえないみたいだ。

一度、うんと小さな子が、わたしを指差したことがある。

なんだろう、とほかの子たちもこちらを見た。

けれど、少し大きな子たちには見えないらしい。不思議そうにしていたが、やがて、諦めて行ってしまった。

家や人は、なぜか、すぐに見えなくなる。

あんなにふもとが近くにあったはずなのに、なぜかすぐに遠く感じ、見えなくなって——。


わたしだけになる。


あるとき、草原で遊んでいると、ひとりの女の子が迷い込んできた。

その子はちょうどわたしと同じ年頃の子だった。

わたしは草の上の方をやさしくさわりながら、その子に近づいていった。

目が合って、見つめ合い、少し話すと、すぐに仲よくなって、並んで草原を歩いた。

草の中にいる虫や小さな生き物と遊んだり、草の実を採ったりして、一緒に遊んだ。

そんなとき、草の原はどこまでも続く。

終わりがないみたいに、広がる。

風がその子とわたしを包み込み、そのまま草の原を、ザーッと音を立て、波のように渡っていった。


ふと、ずっと以前に見たことのある情景を思い出した。

蒼い夕闇に、灯りのともる美しい灯篭。

提灯が揺らぐと、中のろうそくが幻想的なこと。

そのことを話すと、

「今日の夕方、ちょうどお祭りがあるの。提灯に灯りをともして、軒先に飾ったり、神社には紐で長く、道しるべのように連ねて吊るしたりするの。とってもきれいなの」

その子は言った。

日が傾いて空がオレンジ色になるころに、待ち合わせをして、ふたりで出かけた。
遠くに聞こえる、
トン、トトン、トン、トトン。
太鼓やお囃子の音。
木々の合間から見える灯り。
気が付くと女の子はどんどん先を歩いていて、わたしはその子の後ろ姿を眺めていた。
向こうの方に見える、風で揺れる提灯の灯りがとてもきれいだった。
女の子はちゃんとお祭りの中に着いたようだ。
それを見届け、わたしは安心して、そこを静かに離れた。

わたしは空を見上げ、すうっと上に行き、漂いながら、お祭りの灯りが遠くなっていくのを見た。
そしてもう一度、空を見た。

星がとても美しかった。

風や木や動物たちと遊ぶ。

夜は眠っていることの方が多いけれど、夜行性の子たちがまあるくなって眠っているのを見るのも、とてもかわいくて楽しい。

あるとき、わたしは、風の中に半透明の薄いヴェールのような生き物たちがいるのを見つけた。

最初は、光の加減かなと思ったのだけれど、静かによく見てみると、それは存在した。

まとまって花のようになったかと思うと、ゆるくほどけてリボンのように……そして布のようになって、風の中に漂っている。

それらを追って手で触れようとしたとき、なんとなく横の方が気になったので、そちらを見ると、少し先の岩の上に、男の子がいた。

どこかで見たことがあるような気がするのだけれど、でも、知らない子だった。

ヴェールは、その男の子の方に向かって流れていった。

その子はうれしそうに、自分の周りに来たヴェールたちに語りかけている。

なにか、よくわからない言葉で。

にこにこ笑っていたかと思うと、ときどき大きな声を上げた。

わたしは、もう少しで細く薄い青のヴェールを捕まえられそうだったのだけれど、ヴェールはその男の子の方を向いていた。

そちらへ行きたそうだった。

澄んだ目をしたあの子が、ヴェールたちと話している。

そして、このヴェールもそこへ行きたがっている。

だからわたしはいいや、と思い、手を放した。

ヴェールはするりとわたしの手を抜け、流れていき、男の子の周りに、花のようにゆるく広がりながら漂った。

わたしはその様子を見て、やわらかな気持ちになりながら、静かにそこを離れて空へ上がっていった。

あの子はわたしと同じものが見えるのだな。

なんだかうれしいような心が緩むようなそんな気持ちになり、手を広げ、回るように空高く上がっていった。


わたしはひとりで山の上の方に立っていた。

ふもとの方は霧がかかっていてよく見えない。

どこまでも続く山々。

木がこんもりと生い茂っている。

ふと、手になにか持っているのに気が付き、見ると、

「鶴」

それは、美しい白い和紙で折られていた。

光にかざすと、葉の繊維が縦に細く入っている。

指先で下の方を持ち、飛ぶかっこうにする。

風が吹いてきた。

持っていた指を放す。

すうっと流れていく。

羽をゆるく動かし、飛んでいく紙の鶴。

風に乗るとずっと飛んでいけるんだね。

落ちないで、どこまでも、どこまでも。

そのまま、白い点になっても、見つめていた。

ふいに、誰かに見つめられている気がして、後ろを振り向いたけれど、そこには誰もいなかった。


ただ草が風で揺れているだけだった。

朱い鳥居

ある日、いつもよりも少し雲が多くて、周りの色が違っていた。

青みを帯びた景色の中を、霧がゆっくりと谷間の川に向かって流れていた。

しばらくそれを眺めていたのだけれど、その日は霧の中を飛んでみようと思った。

そんなに濃いわけではなかったし、こんな日は鳥も眠っているか、木の穴で休んでいるはずだから、ぶつかることもないもの。

『もやの合間から見える森の木も、とても美しいに違いない』


その日は、動物が外に出ていなかった。

いつも遊ぶ、うさぎや、リスや、たぬき、野ネズミたちも――。

誰もいなかった。

木の実も落ちてなくて、草や木も、風の声も――。

なにも聞こえなかった。
誰も語りかけてはくれなかった。
無音の中をわたしは飛んだ。
今まで見たこともない、不思議な情景だった。
森全体、この世界全体が、眠っているみたい。
時間が止まったみたいだった。

森の上を飛んでいて、もっと奥に行こうとしているとき、下の方の霧の合間から、
朱いものがチラッと見えた。
なんだろう、と少し近づいてみると、
「朱い鳥居」
その向こう側には、石でできた階段が、ずっと下から続いている。
階段の途中に、朱い鳥居があるのだった。
『こんなところに、あったのだったかしら』

でもここにあるのだから、たぶんあったのだろう。

人の手の届かないこんもりした森の奥にあるそれは、妙にちぐはぐというか、違和感があった。

でも、とても自然でもあり、周りの風景によく溶け込んでいた。

緑の中に見える小さな朱い色。

なぜか惹かれる、その「鳥居」を見ていると、鳥居の向こう側、ずっと下の方から、誰かが歩いてくるのが見えた。

さらさらの前髪に、白いシャツ。リュックを背負って、石の階段を一歩ずつ踏みしめながら、その人は上ってくる。

わたしは鳥居の右外側に下りると、左手を添えて立った。

朱に塗られた古木。

ところどころささくれだっていて、それが手にカサッと触れた。

前から来るその人が、ふと顔を上げて、こちらに気が付いた。

わたしは何も言わずに、その人を見つめ、くるりと向きを変え、鳥居の奥へ向かった。

『ついてきてくれるかしら』

『そうでなくともそれはそれでいい』

と思った。でも、

『美しい場所を見せてあげたい。来てくれたらうれしいな』

今まで見たこともないような変わったもの、不思議な現象。

その人は、うなずいてついてきた。

それは背中でわかった。

石の階段を上っていくうちに、霧は晴れていき、山々の鳥の声や、小さな動物たちの、ガサッと動く音が聞こえ始めた。

水に色インクを落としたときみたいに、色のなかった景色に、赤や青や紫など、たくさんの色が、サーッと広がっていく感じだった。

ふたりで

石の階段が途切れたところに、少し開けた草の原があった。

その向こうに細い道があって、さらに奥へ、上へと続いていた。

そこは人の道ではない。

動物たちが通る道だ。

人が普段暮らしているのとは違う、異質な色の空気が流れていた。

そちらへと案内し、少し歩いていくと、彼がポキンと木の枝を折っているのに気が付いた。

「こうしてね、旅人が目印をつけたのだそうだよ。迷わないように。枝折《しお》りって言ってね。栞の語源なんだって」

その人はそう言って、微笑んだ。

『ずっと前に、美しい葉を細い枝ごと折って、古い読みかけの本にはさんだことがある』
そんなふうに、思った。
ふたりで細い道を上っていく。
どこまで続いているのか。
どこまでも、なのか。
よくわからないけれど。
『ずっと続いていたらいいな』

隣り合って歩いていたときに、フッと、よい香りがしてきた。

『なにかな？』

と思っていると、彼はわたしの疑問に気が付いたみたいで、

「ああ」

と笑顔を向けながら、ポケットの中から小さな円すい形のものを六つほど取り出し

た。

「これはね、お香というんだよ。ふもとの村の軒下で売っていたんだ。あとで焚こうと思って」

そのうちの半分、少し黄色がかった薄いグリーンのを三つ、指先でつまんで取り、こちらに差し出した。残りの三つ、濃いグリーン色のは、もとのところにしまった。

わたしはそれを受け取り、見ると、森の木のような香りがして、とてもきれいだった。

ポケットに大切にしまった。


いつもはひとりで歩くのだけれど、こんなふうにふたりで行く。

やわらかな風が吹く。


やがて道は途切れ、中腹の展望できるところに着いた。

古い祠《ほこら》があった。

そこでその人は手を合わせた。

それを横に見ながら、わたしも手を合わせた。


わたしは奥の道を見た。

そこをさらに行くと、青みがかったピンクの花が咲いている小さな原がある。

心が静かになるその色、そこは本当に美しい。


連れだってそちらの方へ向かった。

道を少し行くと、変わった形の木の実が落ちていた。見たこともないグリーンや黄色、オレンジの実の中に、赤いものがあり、それはそのまま食べてもおいしい。

もっと濃く赤い実は、甘酸っぱくてさらにおいしい。

少し色の濃いものを拾って食べた。


その先に細い川が流れていて、水が石に当たる音が、美しい旋律のように聞こえた。

川辺の石に腰をかけ、しばらく水の音に耳をすます。

川面をふれながら吹く風が、水の温度を運んできて、ひんやりと気持ちがよかった。
横の岩場の割れたところに、ちろちろと、湧き出る清水があった。
手ですくって飲む。
歩いて疲れた体に冷たく染み入り、おいしく、うるおしてくれた。
川の水に光が当たって、とてもきれいだった。
しばらくふたりでその情景を見、音を聞く。

いつもリスの隠れている木のうろは、そうっと気をつけて覗かなければいけない。
子リスが驚くから。
今日は子リスも起きていて、こちらをふんふんと鼻でかぎ、黒い瞳で見つめた。
ふたりは顔を見合わせて笑った。

山の中腹の少し開けたところにある、コキアがたくさん生えているところに行った。
やわらかな丸いほうきのような形をしていて、かわいらしい。

少し離れた崖の手前に、煙った薄紅色の小さなコキアが三本、並んで立っていた。

それはまるで、ずっと遠くの景色を眺めているようだった。

「小さな女の子のようだね。村で見たよ、ちょうどあんな感じの三つ子の女の子たち。とてもかわいかった」

風にふわふわふわと揺れながら、くすくすくすと笑い合う、そんな声が聞こえてくるようだった。


足元の白や黄色の花や、先が紅い色の葉っぱは、薄青い森の奥で、ぽうっと光っているように見えた。


ぐるりと景色を見渡せる、サーッと涼しい風の吹く、山の上に着いた。

ツタにつかまりながら、少し下りていくと、紫色の花が咲いていた。

それをできるだけ踏まないように下りていく。

そうして、一日連れだって遊んだ。
最初のあの朱い鳥居のところまで戻ってくると、こちらを向き、その人は聞いた。
「明日もまた、案内してくれる？」
わたしはうなずいた。
そして、その日はそれぞれの場所へ。
いつもより、なんだかあたたかい。
そういう心のまま、わたしは帰っていった。
山の奥の方へ。

約束

待ち合わせの時間よりも少し早く着きそうになったので、鳥居の近くをわたしは歩いた。

その人に会うまでは、ほとんど自然の中だけで遊んでいたのだけれど、人の作ったものやそういうのも少し『どんなかな』と思うようになった。

たしか木の家が数軒建っていたことを思い出し、そこへ行ってみることにした。

誰もいない古い家がぽつんぽつんと建っている。

みんな、ふもとに下りていってしまったのか。

主をなくした家はみんな上を向き、風と草の揺れる音を聞いている。

空の青、白い雲。

それはとても美しかった。

ふと、なにか物音がして、そちらの方へ行くと、女の人が歩いていた。

『どこかで見たことがある』

そんな気がした。

草の音を聞き、空を仰ぎ、風に吹かれながら、心地よさそうに歩いている。ゆっくりと。

わたしは、まるで自分みたいだなと思い、くすっと笑ってしまった。

すると、その人が、こちらを振り向いた。

わたしはあわてて木の陰に隠れた。

あとをついていってみたかったけれど、気が変わり、すうっと空へ上がった。

少し山手に戻ったところの三角に開けた土地に、小さな集落があった。

ここは先ほどのところとは違って、まだ人が住んでいるらしい感じがした。

けれど今は誰もいない。

みんな、なにか用事で出かけているのだろうか。

家の入り口に農機具が出されたままになっていた。

家々の軒先に提灯が吊り下げられている。

すぐ近くに、ろうそくが置いてある。

夜、灯りをともすのだろう。

その様子がわたしはとても好きだった。

提灯が風に揺れると中の火も揺れ、そうすると美しいのだもの。

夜、もう一度来てみようかしら、そう考えていて、ふと、約束のことを思い出し、
そのまま鳥居へ向かった。

その人は今日も昨日と同じリュックを背負って、石の階段をこちらに上ってくるところだった。

足元を見て、一歩、一歩、踏みしめるようにして。


その人は飛べない。

その人は風や森の木の声が聞こえない。

目に見えるものがわかるだけで、そうではないもののことはよくわからないみたいだった。

けれど、とても心地よさそうだった。
ふたりでいるとき、なんとなく心があたたかくて、うれしそうだった。
わたしはそれがうれしかった。
『もっともっと、いろいろな、美しい場所に案内してあげたい』
次の日は昨日と違うもっと別の道、もっと奥の場所に連れていってあげようと思った。
人の入らない、道のない道。
ときどき、風や動物たちだけが通るけもの道。
本当は、動物さえも入らないところも、ずっと奥にあるのだけれど。
見たこともない果物。
おいしい木の実。
木々が続いているかと思うと、サーッと視界が開け、山や谷を一望できる断崖に出る。

崖のぎりぎりのところに立って、下を見る。
今自分の立っている周りや空、遠く続く山々や森、そういうのを見る。
それはとても美しい。
目を閉じると風が渦を巻いてわたしを包み込み、体の中を通るように抜けていく。

小川のふちには、涼しい風が吹いている。
湧き出た水や、岩の表面に染み出ている水を飲みに来る動物もいる。
そんな姿を木の陰から、そうっと見る。
岩から染み出ているのは天然のミネラル。
生きていくのに大切なものだ、ということを知っているのだ。
動物は自然にわかっているのだ。

石の段のところまで帰ってきて、ふと足元の石を見ると、他と少し違っている形のものがあった。

他のものはきちんと整えられた長方形なのだけれど、足元のそれは少しいびつで、ごてごてした感じの石がはめ込まれている。

「整えすぎないんだよ。あまりきちんとしすぎていると、『魔がさす』と言ってね、あまりよくないんだそうだ。だから少し崩すんだって。遊び心でね、昔からこんなふうにするらしい」

面白いなと思う。

すぐそばの細い木に絡まったツタやツルをひっぱって、先についている薄紫の実に手を伸ばした。

「あけびだ。昔、祖母の家の裏山にあった。よく採りに行ったよ。この色が好きでね。とても美しい紫色」

迷いそうな入り組んだ道のときは、枝をパチンと折って「迷わない目印」と言った。

良い香りがする「お香」。
祠の前では手を合わせること。
整えすぎないこと。
美しいあけび。
道しるべ、栞。
その人は、いろいろなことを教えてくれる。

けれど、わたしはその人の知らないことを知っている。
水を含んだ風が吹いてくると雨が降る。
目に見えないけれど、本当は「在る」ということ。
心で聞く。
不思議な自然現象。
そして、人の立ち入ったことのない美しい場所へ案内してあげる。
あるとき、石の段を歩くと、コロンと音がした。

ポケットの中を見ると鈴が入っていた。

『こんなところに鈴が入っている』

振り向くと、その人は、わたしの髪を見ていて、

「細い組み紐」

そう言った。

手で触れてみると髪に細い紐がついていた。

それは、鳥居と同じ色だった。

「朱。魔除けだね」


いつも待っているね。

あの朱い鳥居のところで。

一緒に行こうね。

もっとずっと遠くにもね。

素敵なところがたくさんあるの。

まだ誰も見たことがない、連れていったことのないところ。

雲が海に浮かぶ白い波のように流れていて、そこを渡るのはとても素敵。

青い空と、地の茶色、草のグリーン、その間のまっすぐな地平線、それはどこまでも続き、とても美しい。

そこは動物や虫さえもいない。

見せてあげたいな。

一緒に見ようね。


わたしは、ときどきひとりで見に行っているその場所を思い出し、そして次に、そこで、その人と一緒に見ているところを思い浮かべた。

それは、とても素敵なことだと思った。


その人はいつも来てくれる。

いつも同じ時間に、鳥居の柱に手を添えて待っていると、下の方から石の段を一段一段、上ってくる。
そして、こちらを見て微笑む。
わたしたちは一緒に歩く。
霧の雨の日は、葉の下をつたい歩く。
大きな葉を頭にかむって。
ときどき休む。
木の葉の下から見上げる霧はとても美しい。
静かに横に漂う。
木や草花や、鳥や動物たち、風や自然現象。
なにも話さなくとも、同じことを考えているふたり、きっと。
そうして何日も一緒に連れだって過ごした。

目覚め

その日、風が吹いていた。

いつもと違う、少しざわざわとした感じ。

鳥居の近くには、小さな木の屋台のようなものが、半分作りかけの状態で建っていて、建てるための道具や、屋台にかける布、お菓子を作る器具などが置いてあった。

『なにがあるのだろう。静かな方がいいのにな』

と少し不安に感じて待っていると、いつもの時間を少し過ぎたところで、その人は来た。

わたしは、

『今日はもっと遠くに連れていってあげよう』

そう思っていた。

そのことは、昨日の別れ際に伝えたのだった。

その人は、穏やかな瞳でうなずいた。

ざわざわとした少し落ち着かない風が吹いてきた。

そして、一枚のチラシが、パタパタと舞ってわたしの方に来た。

わたしはそれを手に取り、見る。

するとそこには、

『もうすぐお祭りがあり、その後、ここの鳥居は取り壊されます。神社はなくなり、新しく別のものに生まれ変わります』

そんなふうに書かれてあった。

わたしは、そのとき、瞬時にわかった。


自分はこの世界のものではない。

なぜだかわからないけれど。

わたしは今まで空を飛んだり、木の実を拾ったり、森の中を裸足で駆ける、そんなふうに遊んでいた。

でもあるとき、空から朱い鳥居が目に入り、向こう側から歩いてくるその人のことを見つけ、そばに下りてきた。

そうしてみたかったから。

朱い鳥居は、わたしとその人との場所をつなぐ唯一のもの。

ここがなくなると、もうここへ来ることはできない。

その人と二度と会えなくなる。

わたしの目から涙がぽろぽろと落ちた。

「祭りのチラシ。ああそうだ、十月二十五日は祭りだと下宿の人が教えてくれた」

その人は、ふとなにかを思い出したように、つぶやきながら、わたしの方に目を向けた。

わたしは答えるようにうなずいた。

その人はわたしの様子がいつもと違うことに気が付き、どうしたの、とでも言うみたいに首をかしげた。

そして、心配そうな瞳が少しずつ、遠のいていった――。

気が付くとわたしは、布団の中にいて、泣いていた。
半身起き上がり、わたしは、ぼうっとした。

わたしはあの人との「約束」を守ることができなかった。
あの人に、
「もうここに来ることはできない」
そう、伝えることができなかった。
これはほんとうのこと。
そう思い、夢の中では過ごしているのに、目が覚めると、そうではなかったのだ、
と気持ちが沈んでしまった。

列車に乗って

印象深い夢を見たあとは、ずっと一日中そのことに囚われる。

でも、今日は、書き溜めたものがある程度出来上がったので、それを出版社に持っていく日だったことを思い出し、わたしは出かける支度を始めた。

そういえばこの間、列車の中から、こんもりとした森の中間のあたりに、朱い鳥居のようなものが小さく見えた。

夢の中の鳥居のある山にとても似ている。

そんな気がした。

だから今日はいつもとは違い、バスではなく列車で行くことにした。

あの山が見えたのは、各駅停車しか停まらない駅の看板の向こう側だった。

木々の合間から少し見えたとき、石の階段が続いていたように思う。

あれはどのようなふうだったか。

身支度を終え、できたところまでの原稿を書類封筒に入れて、わたしは家を出た。

駅までは歩いて十五分くらい。

舗装のされていない石と土の道を歩く。

神社の塀の内側にある樹齢数百年のしだれ桜が、今の季節は花も実もなく、少しの葉のみで、そのところどころ虫くいの葉の向こう側に、青い空が透けて見えて、寒く美しかった。

隣にある、白と紅の梅の木も、葉のみで立っている。

そこを横に見ながら歩いた。

やがて駅に着いた。


いつもならもっと人がいるはずなのに、なぜか今日は少ない。

休日でもないのに構内は数人だけだ。

切符を買い、数分待っていると各駅停車の列車が来た。

古い形の車両だ。

それに乗り、後ろの方の窓際の席に着いた。


ガタン。

発車する。

ゴー。


家はまばらで、田んぼが多い。

こちらの、左回り田畑経由の景色が好きだ。右回りは街中を行く。

十月の田んぼ、このあたりではまだ青い。

もう少し経つと、稲は実り、重くたれ、夕暮れ時などは金色に輝く。

それがゆったりと揺れる。

あの景色がわたしはとても好きだ。

ときどきある木造の物置のような小屋。あそこにいろいろな道具類を置き、毎日、田んぼの手入れをするのだろう。

そんなふうに考えていると心がとても落ち着いた。

ふと、乗客の方を見る。

みんなぼうっとした影のような感じで、外の景色を眺めている。

遠い昔、人は、日とともに起き、田畑を耕し、野山を駆け、体を動かして助け合って働き、あるだけのもので足りるように手を合わせ、大切にみんなで分け合っていただいた。

そうして、一日が終わり、太陽が沈むとともに眠る。

そんな生活をしていたのだ。

そういうのっていいなあと思う。


ガタン、ガタン。

いくつか駅に停まった。少しずつ人が降りていき、いつの間にか乗客は、わたしひとりだけになった。

向こうの方に山が見えてきた。

先ほど考えていた『あの山』だ。
わたしは降りる用意をしながらもう一度、山を見た。
頂上に薄く綿あめを裂いたような雲がかかっている。
山の下の方は水色。
中腹に綿雲があり、上の方は、少し深い青。
世界が、何層にもなっているようで、なんだか不思議な感じがした。
上へ行くほど深みに入り、戻れなくなりそうだ。
それもまたいい。

「約束までにはまだ時間はあるし、少しだけだもの、いいよね」
やがて列車は止まる。

ガタン、シュー。

それは、とても古い駅だった。
こんなところ、あったのだったかしら。
そう思いながら、列車を降りる。
石を組んだだけのホームを渡り、小さな無人の改札口に向かう。
蓋を開けて置いてある、和紙の箱。
『ここに乗車券をお入れください』
ポケットから切符を取り出し、入れる。
駅を出て、古い木の階段を数段下りたところで、前を見る。
ひなびた商店街が連なっている。
そちらに向かって歩きながら、列車から見たあの朱い鳥居のことを、
『誰かに聞こう』
そう考えている。

古書通り

商店街の一番手前は、町のコロッケ屋さん。

おいしそうな匂いがしてくる。

店には誰もいない。たぶん、なにか用をたしに席を外しているのだろう。

数軒、普通の民家が並び、その向こうに、生活用品を売っている雑貨屋さん。

その隣は八百屋さん。中を覗くと、奥に部屋があるみたいだ。食器をカチャカチャ並べる音がする。お茶の香り。人のいる気配もある。

その先は金物屋さん。ところ狭しと、鍋や器具、金物類が並べてある。

入り口には、古い、釣り鐘式の風鈴が吊り下げられている。

季節外れのそれは、少し重く、風が強く吹かないと鳴らない。

隣は茶碗や急須、箸などの店だ。

そんな店や古い家がさらに数軒並んでいる。

前を見ると、通りをひとつはさんだ向こうの角から数軒のところに、

『古書通り』

と、看板がかかげてあった。

古い街並み。

ずっと以前、母の写真にあったような、そんな感じの。

こんなところがまだ残っていたのだ。なんとなくうれしく思いながら歩いていく。

本や文具関係の店が何軒もある。

『旅の本、新刊入りました。雑誌最新号、教科書関係、ドリル、あります。教科書、失くした方は取り寄せできます。誕生祝いに絵本はいかがですか』

そんな中、細い道の角に、縦長の古いレンガ造りの本屋があった。

『昔集めた古くなった本の引き取りもします』

入り口に貼ってある紙の文字を見ながら、ガラス戸をカラカラと音を立てて開けた。

「いらっしゃい」

レトロな店の奥から、店主らしき丸いレンズの眼鏡をかけた白い髪の男の人が顔を上げ、こちらを見た。

遠くを見るような穏やかな瞳がどこか懐かしい。

軽くお辞儀をして、中へ入る。

古いビルを改装した店のようだ。

木の本棚に古い書物がぎっしりだ。

隅に置いてある小さな棚の上にも、たくさん本が積み重ねてある。

窓ガラスは飴色で、外からの光が静かに入ってきて、とてもきれいだ。

ずっと以前、暮らしていた家にも、こんな本棚があった。

幼いころ、本が好きだった父が、大きな古木でつくられた本棚を買い、

「この棚を本でいっぱいにするのだ」

とうれしそうに話していた。

「古くなったら、古書店を始めるのもいいかな」

美術の本、映画に関する本やパンフレット、他にもいろいろ。

薬指に静かに光る金色の、母とおそろいの結婚指輪。

ふたりはとても仲がよかった。

わたしは静かにその様子を見ていた。


店内の本棚をゆっくり見て回った。

絵画、音楽、古い一眼レフカメラの本、編み物、料理本など、雑誌、専門書にいたるまでさまざまな本が並んでいる。

『教科書、ドリル、取り寄せできます』の張り紙もある。

中ほどに、旅のコーナーがあった。

カチッ、ボーン、ボーン、ボーン……。

時計がちょうどをさして、鳴っている。

九時だ。

珍しい、古い振り子の時計だ。

店の奥の柱にかかっている。

あれは毎日ネジを巻くものだ。

わたしはまた本の棚に目を戻し、何冊か手に取っては、見ていた。

そのとき、外からの光の向きが変わり、わたしの取ろうとしていた本の斜め右上がさーっと、明るくなった。

取ろうとしていた本をやめ、その少し上にある、飴色の光の当たっている、くすんだグリーンの背表紙の本を取り出した。


『朱い鳥居』

かすれて少し薄くなったタイトルの文字。

表紙は、山の奥に続く細い石の階段と、それを上っていったところにある朱い鳥居の絵が描かれてある。

それは、木で囲まれてうっそうとしている。

鳥居の向こう側にも石の段は続いていて、それがどこまでも続くと思われるくらいに上へと延びている。

古く、ところどころくすんでいる絵。

わたしの生まれたのよりももっと前、わたしの母くらいのころのものだろうか。

左手に取り、表紙をそっと開く。

淡いグリーンの薄紙の向こう側、それはこんなふうに書かれてあった。


あれは、もしかしたら夢だったのだろうか。

いやそんなはずはない。けれど、実際、どれが夢なのか、そうでないのか僕にはよくわからない。

でも、「本当」を見つけたら、それがなんであったとしても、入っていけばよいのだ。

そう思う。

僕は、美術の教師になるために、実習の期間、ある村を訪れた。

山々に囲まれた小さな村。まるで時が止まったような……。
いや、止まっているのは僕の方なのかも。
古い家並みの、小さな空間。みんな、自然とともに暮らしている、そんな村の人たち。
昔のアルバムに出てくるような生徒、先生、村の人たち。
村は小さく、その向こうにある自然は、どこまでも奥に続いている。
そんなところで、実習をすることになった。
教室の窓から見えるのは、こんもりした木々、山、神社。
見たこともないような道端の草花。
どこまでも続くその景色。
そんな様子をずっと見ていると、ときどきわからなくなることがある。
僕はいったいどこから来たのか。
たしか、古い列車に乗ってきたと思うのだが、あれはどこに行ったのか。
街の雑踏、ネオン、人、人、そんな中から来たのではなかったか。

あれらは、どこへ行ってしまったのか。

ここは、終点の駅なのかもしれない。


僕には、以前からずっと考えていることがある。

心の中で考えていた……ずっと幼いころからだ。

最初はよくわからなかった。

当時は小さすぎた。

でも、なにをしていても、みんなといても、ひとりでも、考えていた。

けれど、成長するにつれてだんだんとそれがわかってきた。

普段は、心の奥の方にしまい込んでいた。上手に説明できなかったし。表面は普通に暮らしていた。

だけど、夜ひとりになったり、ふと空虚感に襲われたりすると、その考えが現れる。

そして最近、しばしば湧き上がってくるようになった。

自分が本当に求めているのはなにか。
「それ」はどこにあるのか、自分の探しているものはなんなのか。
「それ」を見つけたい。

大人になった僕はときどき旅をする。
荷物は最小限をリュックに入れて――そして、スケッチブックにノート。
あるとき、
『この村は、いままでとは異なる』という感じがした。
予感のような――。

そんなある日のこと。
うっそうと茂る木々や葉の中、神社に続く石の階段を、僕は上がっていった。
足元を見ながら一段一段。
上の方はよく見えない。

そのくらい長く、上へと続いている。
ふと、顔を上げると、前方に少女が立っていた。
ところどころ色のはげた朱い鳥居の、その向かって左の柱、外側にそっと手を添えて。
色白の顔、肩までのおさげ髪、黒い瞳。
その子と目が合い、僕は瞳で微笑んだ。
声を出すと、消えていなくなりそうだったから……。
その子は、
「よい場所がある」
そう言うみたいに、鳥居の向こうを見た。
そんなところに少女がひとりでいるなんておかしい、と言われるかもしれないが、
でも、そう思わなかった。
その子が、誰も入れないような山奥の古い鳥居のところにぽつんと立っている――、
それはとても自然なことだった。
その日から僕は、その少女にいろいろな美しい場所、楽しいところへ案内しても

らった。

それからは、ずっと一緒に行くという、自然な約束ができた。

本当は、それよりも前に、その子を見たことがある。

それは、山の上の方の展望できるところまで上ったときのこと。

あの子はいた。

白いブラウス、朱いスカート。

ふわりと風に膨らませて、やわらかな髪がなびく、静かな横顔。

顔かたちはよくわからない。

でも、とてもわかるとも言えた。

あの子は、崖の先ぎりぎりのところに立ち、服のポケットから白い鶴を出して、手に取った。白い和紙で折ったもののようだった。

僕は少し離れた茂みの中にいたので、僕が見ているとは気が付かなかったようだ。

あの子は、鶴を前へさし出した。

すると、静かな風が吹いてきて、鶴は風にふわりと乗り、それは白い鳥になって飛んでいった。

ときどき羽を羽ばたかせ、どこまでも、どこまでも――。

僕はそれをずっと見ていた。

あの子は見えなくなってもずっと、鳥の飛んでいった方を見つめていた。

ぽうっと白く光っているような色の横顔が、まるで白い鳥のようだった。

それは、美しい素敵な情景だった。


数日、雨の日が続き、その場所に行くことができなかった。

また、あの美しい情景を見たいと思ったけれど、僕は下宿の部屋で待った。雨の止むのを。

そして、青空になった日、また同じ山に登ったのだ。

この間の道はまだぬかるんでいたので、別の場所からそこへ行くつもりだった。

今度は石の段を上ったところ、あの鳥居のある階段だ。
そこにあのときの子はいた。
すぐにわかった。
ずっと遠くからでも、あのときの子だということが。

そして、僕たちは、数日、一緒に歩いたのだ。

ある日、その子の髪に朱い組み紐が、リボン代わりのようにつけられていた。
それはとてもきれいで、よく似合っていた。
同時に少し不思議で首をかしげた。
なぜなら、人の手で作られた組み紐は、その子には異質なもののように思えたから。
花や葉や、そんなふうな自然のものをつけていることはあっても、組み紐だなんて、
いったいなぜなんだろう。
ポケットでコロンと鈴の音がして、その子は中を覗いた。

取り出すとそれは、くすんだ色の鈴だった。

首を少しかしげるようにしてそれを見る。

いつの間に入っていたのだろうか。


またある日のこと、ふもとの村で買ったお香をポケットに入れていると、その子が香りに気が付いてこちらを見たので、僕はポケットから出した。

半分の三つを渡すと、うれしそうに見つめていた。

あとで焚こうと思っていたのだけれど、その子も焚いてくれるだろうか。僕は、自分が焚くときに、きっと同じように焚いているその子のことを思い出すに違いない。

いつも一緒に歩いた。

その子と一緒にいるのは自然で楽しくて素敵な時間だった。

ずっとそうしていたい……、そういられると思っていた。

永遠に。

ある日、一度だけ、ふと、思っていたことを聞いてみた。
だって、不安になったから。
この、ひとときが消えてしまいそうだったから。
それは、風の吹いている日のことだった。
そのとき、どこからかチラシが舞ってきた。
あたりを見たが、古い鳥居の敷地内には誰もいない。
その子の方に目を戻すと、舞ってきたチラシを手に取り、じっと見つめていた。
その瞳は、青く青く透き通っていくようだった。
冬の空の向こう側みたいに。
それを見たとき、もう会えなくなるのではと、そんな不安が過《よぎ》った。
問いたかったことを僕は言った。
こちらを向いたその子の目から、みるみる涙が溢れた。
そうして、僕の問いにうなずきながら、ふうっと、いなくなってしまったのだ。
どちらを向いても、どこにも。

つい今しがたまでそこに、すぐ目の前にいたのに。
なぜなのだかわからない。
僕は、ただぼうぜんと立ち尽くしていた。
そしてそのまま、その子は二度と現れなかった。
それからもずっと僕は、毎日毎日、約束の場所へ行った。
もしかしたら思い直して、また来てくれるかもしれないと願ったからだ。
僕は、待ち続けた。

十月十九日
今日はとても寒い。
午後からみぞれのような雨が降るそうだ。
まだ、十月も半ばだというのに。
空を重い雲がおおっている。

十月二十日
今日も行く。
朱い鳥居へ。

十月二十一日
ここのところ風邪気味で少し体がだるい。

十月二十二日
あの子は、また来てくれるだろうか。

十月二十三日
いや、来る。

十月二十四日

きっと。
僕にはわかる。

そうだ。
少し遠出になる。
いろいろ必要なものをそろえないと。

十月二十五日
今日は祭りだ。
今はほとんど想像。
実際に見て描きたいな。

文はここで終わっていた。
未完の作だ。

わたしは、店の奥の方に座って下を向いて作業をしていた丸眼鏡の店主らしき男の人に聞いてみた。

するとと、

「その本は、ここを少し行ったところに住んでいた学生さんが、不思議な体験をしたときのことを書いたものらしい。彼は美術の先生になるための実習で、こちらの方の小学校に来ていたのだけれどね。絵を描く道具を持ち、よくいろいろな場所へ旅をしていたそうだ。リュックを背負ってね。全国各地の山奥へひとりで出かけていき、古い神社や鳥居、そんなふうなものに惹かれて、スケッチしたり。

ある日、この近くの山の奥で道に迷い、前に現れた古い朱色の鳥居のある石の階段で、少女と出会い、何日かふたりで過ごした。彼はとても楽しかったらしい。でもその子はなぜだかわからないけれど、突然、いなくなってしまった、ということだ。それから、待ち続けたのだけれど、現れなかった。何日も何日も経ち、その人はやがて、雪の降りそうな寒い日に風邪をひき、こじらせて、それがもとで亡くなってしまった。しばらくして、たしか、その人の妹さんだったか、それとも妹と間違えたのだったか、若い女性が訪ねてきてね。彼の部屋で、ノートに書かれたものを見つけ、その文の雰囲気に心惹かれ、出版したのだそうだ」

それがこの本、なのだと言う。

「でも、途中でね。終わりはないんだよ。おや？」

その人は眼鏡を少し持ち上げて、わたしの持っている本を見た。

そしてまじまじと、

「前に見たときは少し違っていたような。たしか、もっと小さな女の子だったと思うのだが。いや、そんなはずはない、か」

そう言ってまた、目の前の作業に戻りかけた。

表紙の絵を見ると、先ほどは気が付かなかったのだけれど、少女というよりは、もう少し大きくなった女性が、朱色の鳥居の横で柱に手を添えてそっと立っている。

さらに聞いてみると、それは、もうずっと前のことで、その妹らしき人のこともよくわからないのだ、と言う。

その女性が来たのは、その時だけとのこと。

わたしは、本を元に戻し、学生さんが住んでいたという下宿先と、朱色の鳥居のあった場所を聞いた。

「鳥居は、今はもう取り壊されたんではなかったかな。ずいぶん古くなって、崩れそうなところもあってね、危なかったらしい。ここの前の道をしばらく行ったところに廃村になった村があって……さらに進んでいくと、小さな集落があって……たしかそんなふうな……」

どうやらここからそんなに離れてはいないようだ。わたしはお礼を言い、行こうとした。すると、

「大切な想いで書かれた本は、そのもの自体が生きているようで、その向こう側に世界は続いているのだよ」

「え？」

と聞き返そうとしたが、もう店主は手元の作業に戻っていた。

わたしの父も、もし元気でいれば同じくらいだろうか。

静かなまなざし、色の白い細面の。

作業に入って、もうこちらには顔を上げない。

あきらめて戸口の方へ向かった。戸のところで、もう一度振り返って見ると、店の奥で、飴色の光の中、店主がうつむき、作業をしているその様子はまるで、色あせた一枚の、セピア色の写真のように思えた。

ふと、柱の時計を見る。

カチッ、
と音がして、振り子が止まった。

それは、店全体の時が止まり、セピア色の写真が古いアルバムに収まったかのようだった。

ふっと息をつき、気を取り直して、わたしは店をあとにした。

この町は、ゆっくりと時が流れている。
家も木の柱もなにもかも、遠い昔の映像のようで、どこか懐かしく、物哀しい。
少し歩いたところで、古書店の方を振り返った。
すると、
「あれ？　どこだったかな」
つい先ほどまでそこにあったはずなのに、見当たらない。
ふっと現れた古書店。
どこにあったのだったかしら。
どこにもないではないか。
あまりに周りと溶け合いすぎて、わからなくなってしまったのだろうか。
わたしはあきらめて、先へ進むことにした。

想い出

古い軒並みが連なる、一本、中へ入った細い道。

たしか古書店の人は、新しく舗装され、家も建て直されたと言っていたと思うのだけれど、なんだか変わっていないような……。

昔のままの家々が続いていた。

やがて、大きな石の鳥居があり、その向こう、神社の境内に、木造の店が建ち並んでいた。

中はそのまま住めるようになっているみたいだ。

店の奥に障子があり、生活音がする。

「こういうところに雨が降ると、景色全体が青緑がかったグレーに煙って、きっととてもきれいなのだろうな」

そんなふうに思いながら、あたりを見ると、駄菓子屋さん、雑貨屋さん、古着屋さん、などなど。

神社の境内にお店が建っていて、そのまま居住スペースになっているなんて。なんだか不思議な光景だ。

でも、だからこそ、なにかに守られてここまで来たのかもしれない。

三軒先の雑貨屋さんで、小学校三年生くらいの男の子が、かがみこんで、ビー玉で遊んでいた。

少しのどが渇いたなと思い、軒下にある飲み物のケースを覗いた。

「どれでも二十円だよ。今日は安い日だから」

男の子が言った。

『ずいぶん安いのだな』

わたしはラムネを一本取り、お金をその子に渡した。

男の子はケースの上にある紙の箱に入れた。

今日は学校は休みなのかしら、そう思いながら見ていると、その子は、

「もうすぐ学校がなくなってしまうんだ。校舎が新しく変わるんだよ。鉄筋になるん

だって。木の方がいいのにな、僕。工事は、再来年、僕たちが卒業してからなんだ。僕、あの図工の授業大好きなんだ。新しく来た先生。もうあの先生の授業も受けることができなくなってしまう。ときどき、旅の話してくれるんだ。先生はいろいろなところへ行くんだって。境界線みたいなところへも。この間のお話、とてもよかった。でも、学校が新しくなったら、僕たちの学校のことも、あの先生に、わからなくなってしまうじゃないか」

『ああ、そうか。この子は五年生なのだ』

小柄だから、もう少し小さいのかと思った。


そういえば、わたしの通っていた小学校も、卒業した二年後に新しく建て替えられたのだった。

『どのようになったのかしら』

と、見に行ったことがある。

心の中にある景色は、ずっとそのままそこに変わらずにある。

だから新しくなったといってもそのままあるのだ、そう思っていた。

けれど、それは、鉄筋の四角い校舎だった。

グレー一色、なんだかとてもそっけない。

あの、歩くとぎしぎしいう木の渡り廊下。いつも開け放してあった、廊下と教室の両側の広く大きな窓。

木綿のカーテンがふわりと揺れる。

当時、わたしの母は働いていたので、先生が懇談会を夜にしてくださった。

図工室の前を通って教室へ行くとき、中の石こう像が青い目でこちらを見ている気がして、母の後ろに隠れたことがある。

廊下の突き当たり、懇談会の部屋だけが、ぽうっと明るく、そこだけが存在するみたいな……、あのとき、そんな不思議な感じがした。

古い木の校舎は、そんなことがあるものだもの。

不思議な現象や変わった事柄が、普通に起こる。

校長先生のおられる部屋に通じる廊下の風変わりな調度品、大きな柱時計。

チックタック、チックタック。

時を刻むはずなのに、なぜかそこのところだけ時は止まったまま――そんな気がする場所。

「もうどこにもないのだ」

そう、とてもがっかりし、つまらなくて、それから二度と行くことはなかった。

遠くを見つめ、考えていると、中から、お店の人らしき、六十代半ばくらいの女性が出てきた。

「ああ、お客さんだね」

箱から二十円を取り出し、手打ち式のレジの中へ入れた。

「観光ですか」

その人に話しかけられた。

「少し用事があってこちらの方に来たんです。あの……」

朱色の鳥居のある神社のことを尋ねると、

「ああ、あの鳥居ね。この林の向こうの村に上がる道を行かれて、村を通り過ぎ、もうひとつ小さな古い村を過ぎて行ってください。その先の細い道の向こうに祠があり、その後ろの石の階段を上っていくとありますよ。もう今はうっそうとしていて、木で隠れているから、わかりづらいかもしれません。取り壊すという話も出ているのだけれど――。途中でお守りなどを売っている社務所がありますから、そこでもう一度お聞きになってください」

わたしは、お礼を言い、ラムネを飲んでビンを渡した。

立ち去ろうとして、先ほどの男の子を見ると、その子は、今度はメンコをやりながら、

「先生はね、まだ、学生さん、なんだって。本当はね、絵描きさんになりたかったんだって。でも、そういうふうに進めなかったんだって。母親だけだったし、難しかったって。妹と、三人で暮らしているんだって。卒業したら、いつかこの町にまた来たいって」

ほら、と顔を上げて、少し小高くなった、古い家が連なった向こうの方を指差して、

「あそこに、薄い緑色の縦長の家が見えるでしょう。屋根は濃いこげ茶の。歯医者さんなんだけど。その手前の方、木がたくさん生えていて、森みたいになっているでしょう。そこを通り過ぎていくと、木の家が建ち並んでいる村に着くんだよ。ここよりもっと前から建っている古い家ばかりなんだよ。歯医者さんからは近いんだ。ここからではわからないけれど、四番目の家。少し縦長の。その二階に住んでいるんだって。下宿だって」

パシッとはたかれて表を向いたメンコの図柄が、どこかの神社の古ぼけた小さな、朱い鳥居の絵だった。

「待っているんだよ。大切な人と約束をしたんだって。だからいつも今ごろ、出かけていくんだよ」

「え？」

聞き返そうとしたが、もうその子はそれきり顔を上げなかった。

メンコに夢中になっていた。

わたしは雑貨屋さんをあとにした。

隣は、鍋や金具などの生活用品を売っている店だ。

その隣は瀬戸物や茶碗がところ狭しと並べてあった。

文具店、カケツギ店、日用品店……そして何軒か先に「八百屋」の看板を見つけた。

店先に立って見てみると、ナス、人参、南瓜、キャベツ、ザクロ、イチジク、ぶどう、キウイ、梨……。いろいろな野菜や果物が並べられている。

籠盛りの葉物や銀杏。

その横に置いてある、ひと際目立つ、美しい、

「あけび」


奥に障子を貼った戸がある。

きっとあの向こうに、店の方がいるのだろう。

障子は少し色が変わっていて、ところどころ桜の花の形に切った紙が貼り付けてあった。

わたしの母も昔、あんなふうに貼っていた。

破けたり色が変わったりするとすぐに、とっておいた障子の紙を取り出して、はさみで、桜の花や、花びらを幾重にも重ねた牡丹の花、蝶などを美しく器用に切り、貼るのだ。

それを傍で見るのがとても好きだった。

なんの変哲もないただの白い障子、それに最後は花が舞うのだもの。

あれはとてもきれい。

「ごめんください」

と声をかけると、中から割烹着を着た年配の女性が出てきた。

「これをください」

「ああ、これは、売り物ではないんですよ。裏の山で採ってきたものなんです。あまりにきれいなものだから、飾っておいたんです」

売り物ではないと聞き、がっかりしていると、

「よろしければどうぞ。差し上げます」

そう言って、やさしい目をして、紙を貼り合わせた袋に入れてくれた。

わたしは手にした薄紫のあけびがとてもうれしくて、

「ありがとうございます」

と丁寧にお礼を言い、そこを立ち去ろうとした。すると、

「奥の村に行かれるんですか。あそこはもうずいぶん前に人がほとんどふもとに下りてきて、今はいなくなってしまったのではなかったかしら。それともまだ少しは残っていたのだったかしら？　でも、その奥の方にさらに別の小さな集落があって――。ずっと古くからの村なんです。みんなが畑を持っていて、ほとんど村の中だけで生活しているんです。人はあまり多くなくても、ゆったりと暮らしているようですよ。

たしかもうすぐお祭りなのではなかったかしら。夕方までいられるのでしたら、ご覧になっていかれるといいですよ。泊めていただくこともできるんですよ。わたしももうずいぶん前になりますけど、小さなころ、見たことがあります。村の近くの草原で、ひとりでいた女の子と友だちになって――。その子、どこの子なのかぜんぜんわからなくて――」

お店の女性は、懐かしそうに話し続けた。

「そういえば、その子はいろいろなことを知っていたわ。嵐の来る前はどうすればよいのか。風が教えてくれるいろいろな自然現象とか……。風変わりな、でも、とても、なんていうか、まるで自然の一部みたいな子だった。それでね、わたしの知っていることはよくわからないみたいで、なにを言っても、きょとんとした顔をしていたわ。お祭りの話になったことがあって、『とってもきれいなの』とその子が言うものだから、一緒に行くことになったんですよ。ちょうどその日の夕方にあるらしいということで、夕刻、待ち合わせをしてね、ふたりでてくてく歩いていったんです。だんだん人がいるらしきところまで来たら、先に提灯がずっと並んで吊り下げられていてね。それが風に揺れて、本当に美しいんです。人も少なく静かですが、きれいなお祭りですよ」

そして、少し遠い目になり、

「あの子、名前、なんていうのだったかしら。そういえば聞かなかったかもしれない。聞けばよかったなあ。お祭りを見に行ったのはいいのだけれど、途中でふうっとはぐれてしまったの。お祭りの神社の境内も捜したのだけれど見つからなかった。家に帰ったのだったらいいのだけれど。でも、お祭りのあとで周りの人たちに聞いたら、そんなふうな子、誰も知らないって言われてね」

わたしは不思議な気持ちになりながら、もう一度あけびのお礼を言った。

そして歩き出そうとしたとき、その女性はひとり言のようにつぶやいた。

「あの、なんて言ったかしら。あそこに行く途中でね、石の段を上がっていくと、朱い鳥居があって——。でも、なんでも古くなって危ないからって取り壊されてしまうそうで。そうするともう会えなくなる……。あれは、ここことをつなぐ唯一の……」

わたしは、はっとした。

その人は遠くを見つめて、そう言うと、ふっとなにか用を思い出したようで奥の部屋へ入っていった。

ひとり、取り残されたわたし。

はたと気が付き、そこをあとにした。

数軒先の軒下に古い張り紙が貼ってある。
『サーカスが、広場に来ます。
猛獣使い、火の輪くぐり、
そして花形の空中ブランコ』

古い紙、古い写真。日付を見ると、もうずいぶん前のものになっている。
小さなころ、母に連れていってもらったことがある。
たしか二月、真冬だった。
『サーカスってどうしていつも寒い時期に来るのかしら』
と、そのとき思ったのだった。
三角のテントや猛獣、ピエロ、それは不思議で大好きだった。

ノート

神社の境内を出ると、そこも舗装していない道だった。
向こう側に渡り、歩いていくと、細い通路があり、上の方に木の板がかけてあった。
『路迷町はこの先』
その道を入っていくと、両脇に細い木が並んでいて、それがずっと連なっている。
木々の間から光がゆっくりと帯のように流れた。
きれいだなあと、しばらく眺めながら歩く。
先の方が少し明るくなっている。
もうすぐ出られるのだろう。
古い集落がある。
何代にもわたって住み継がれてきたのだろう。
しっかりした日本家屋は、時を重ねてきた木の年輪のよう。

わたしの居た所は、朽ちていくものは建て替えられ新しくなっていくのでずいぶん違う。

ここは、年輪の輪が幾重にも幾重にも重なっていく、永遠に。

まるで時間が逆行しているみたい。

遠い昔のセピア色の写真の中にいるようだ。

押し入れの中を整理していて古いアルバムを見つけ、なにげなく開いて見ているうちに、気が付くとその中に入っている――。

そんな感じ。まだお昼前だというのに、この光の色は、まるで夕刻のように静かでどこかもの悲しい。

あたりは朽ちた垣根、廃屋になった家々。


カタン。

音がして振り向くと、外れた戸が風に揺られていた。

誰もいない。

そんな感じの村。

静かだ。

外に人がいない。

建ち並ぶ民家の何軒か先に、小さな公民館のようなところがあった。

そばに行くと、中は映画館になっているようだった。

知らずに通り過ぎてしまいそうな、さりげない感じ。

外に、上映中の――いえ、もうやっていないのかもしれない、ただ貼られたままになっているだけなのかも――看板、立て札がかけてある。

わたしの知らない映画だ。

ガラス戸の中を覗くと、手描き絵のポスターが何枚も貼られている。

奥に、柱時計がかかっている。

誰もネジを巻かない時計は、時が止まったまま。

ポスターは、と見ると、古い昔の映画のようだ。

わたしが聞いたことのないような。

でも、確か、母が以前話していた、そんな映画もある。

「素敵な物語でね、いったいどの方がこの役をされるのかしらと、どきどきしていたの」

そんなふうに言っていたのを覚えている。

ここの映画館は小さく――きっと、映画が好きな男の子がそのまま大きくなったような感じの人が、ここを作ったのかもしれない。

客室の奥の狭い上映室で、光をジジジ……と差し入れ、フィルムをカラカラ……と回す。

そんな情景を昔、見たことがある気がする。

わたしもあの狭い上映室に入ってみたいと、そのとき思った。

映画館を通り過ぎると、何軒かの民家ののち、『集会所』と書かれた看板がかけてある建物があった。窓から中を見ると、部屋の真ん中に机が寄せてあり、なにかを作りかけた布や裁縫道具が置かれていた。

バザー用かもしれない。

そこを離れると、数軒先に、薄い緑色の木の板壁の建物があった。

『歯科医院』

入り口の上の方に丸い電球がついている。

夜になると、ぽうっと灯るのだろう。

『ここがあの男の子の言っていた歯医者さんだな』

薄いグリーンの壁にレトロな飴色の窓。

戸のガラスは半透明で中は見えない。

でもきっとあの中は、わたしの母が行っていた歯医者さんみたいに、待合室にはアンティークな家具、診察室には鳩時計――ちょうどの時間になると中から鳩が出てきて、ポッポーと鳴く……わたしは、あれが大好きだった――、きれいな飾り彫りを施してある棚など、昔のものがいろいろ置いてあるに違いない。そんな感じなのだ、きっと。

そこを通り過ぎると、隣は、打ち直しもしてくれる布団屋、瀬戸物のお茶碗をいっぱい並べてある食器屋、自動車屋ではパンク修理をしている車が停まっている。八百屋、布小物屋、金具屋、などなど。

ここの人たちは、近所だけで身の回りのものがいろいろ揃えられそうだ。そうして、夕方になると、豆腐屋や花屋など、いろいろなものを売りに来て、みんなが出てきて買うのだろう。

今は、誰も外に出ていないけれど、ときどき家の中で、生活の音や人のいる感じがするので、たぶんみんな、家にいる時間帯なのだろう。

男の子が教えてくれた下宿屋さんはどこかしらと周囲を見回すと、少し先にそれらしき建物があった。

わたしはお店の通りを過ぎて、落ち着いた民家の並ぶ方へ向かった。

角から三軒目のところ、木の電信柱の上の方に張り紙があった。

『下宿屋、部屋空いています。この先』

ゆるく坂になっている道を上っていくと、木造二階建てなのか三階建てなのかよくわからない、継ぎ足していったような、縦に細長い変わった形の建物があった。

そちらの方向を指した矢印の看板があり、

『下宿屋はこちら』

と書かれてあった。

「あった」

木の枠をくぐると、ドアのない入り口から中に入れるようになっている。

『管理人室』と書かれた部屋が最初にあり、

『少し留守にしておりますが、すぐに戻ります。ご用の方は、お待ちくださるか、のちほどまたおいでください』

と、張り紙がしてあった。

左手を見ると二階へ通じる木の階段があった。

上ってみる。

突きあたりにドアがあり、ノックする。

少し待ち、もう一度。

ドアのノブに手をかけて回し、少し開ける。

すると、中から白いものが空気とともに流れてきた。

部屋の中は、霧が漂っていた。

薄紫とグレーの間の色の霧。

渦を巻くようにゆっくりと漂う。

『こんなところに霧が』

包み込まれて、まるで部屋の中ではないみたい。

どこかの森の中のよう。

ぼうっと立っていると、不思議な香りが漂ってきた。

部屋の奥、窓際の方を見ると、白く浅い円形の小さな皿が置いてあり、中に濃いグリーンの円すい形が三つ。先っぽがコロンと転がっている。

お香だ。


つい今しがたまで、そこで焚いていたのだろう。

燃え残りの三角の先がかわいい。

一つだけ、まだわずかに薄くグリーンがかった白の煙が細く立っている。

わたしはポケットにお香が入っていることを思い出し、手に取った。三つとも全部を白い皿の上に置き、そのうちの一つに、すぐそばにあったマッチで火をつけた。

深い森の香りのお香に、わたしの涼しいライムの香りのお香。


森の香りのする煙が、細く二色の線になって。


漂う中、窓から光が静かに入ってくる。

流れるものは、開けたドアから外へ出ていった。

窓には木綿のカーテン、その前には簡素な木の机。

その横にある、本を入れた細長い木の棚。

手前にリュックサック。

柱にかけてある上着。

そっけない、ほとんどなにも置いていていない部屋だ。

ふと、机の上にあるノートに目がとまった。

靴を脱いで部屋に上がってみる。

机のそばまで行き、窓から入ってくる光の中、布のカバンから、先ほど買った袋を取り出した。

そっと、上へ、置く。

薄紫色のあけびの入った袋。

そして、横に置いてあるノートに手をかけたとき、

カタン。


振り向くと、そこに女の人が立っていた。

六十代半ばくらいだろうか。

わたしは、留守中に入り、申し訳ない気持ちもあったが、でもなぜか、ここにいる

ことがとても自然なことのように思えて黙って立っていた。

　すると、その人は、

「どなた？　ああ、妹さんですね。近いうちに来るかもしれないと言っておられました。先ほどまでいらしたんですけれどね。つい今しがた、出ていかれて。すぐそこの、金物屋さんに。なにか忘れ物を取りに。それに、少し買い足しもあるとかで。じきに戻ってこられると思うのですけれど」

　わたしが、金物屋さんってどこだろうと、窓の外を見ると、

「あそこですよ。通りの向こう側。木の看板がかかっているところ。『金物屋、たばこ小売もします』って書いてありますでしょう」

　手で指し示してそう言った。

「待っていらしてもいいですよ。なんでも今度は、遠出になるみたいで。荷物をまとめておられました。今月分の家賃も払ってくださって。本当はもうすぐ広場にサーカスも来るし、見ていかれたらいいのにと申し上げたんですけれどね。いろいろ催されるんです。みんな、楽しみにしているんですよ」

『サーカス？　あれは昔のことではないのだ。これからあるの？』

わたしはお辞儀をし、金物屋さんへ行くことにした。

階段を急いで下りて、向かいの店に向かう。

通りに出たときに少し顔がひんやりとし、なにかが触れる感じがした。

霧、雨になる寸前の――。

空はそんなに暗くなく、薄い雲がおおっている。

たぶん雨の粒になって降ってくることはない。降ったとしてもすぐに止むのだろう。

わたしは急いで金物屋さんへ向かった。

通りには誰もいなかった。

金物屋さんに着くと、ガラガラとガラス戸を開けた。

中は少しほこりっぽく、いろいろなものが雑然と置かれ、吊り下げられ、積み重ねられていた。

見渡したが誰もいない。

「ごめんください」

応答がないのでもう一度、

「ごめんください」

大きめの声で言うと、少し間があり、

「はい」

中から年齢のいった、少し耳が遠いかと思われる男の人が出てきた。わたしが、すぐそこの下宿の人が来なかったかと尋ねると、

「ああ、先ほど来られたんですけどね、いろいろ買い物をされたあと、なんでも、少し食料品も買いに行くとかで。でも、その前に大きな水筒を買うとか言っておられて。その数軒先の登山用の道具類を売っているところ。ほら、あの青い看板のところですよ」

指し示した手の先の青い看板は、

『山の道具類揃います』

と書かれたお店。

わたしはお礼を言うと、店をあとにし、教えられた方へ向かう。

青い看板のもと、ガラスの戸は開けてあり、入り口のところに、「どうぞご自由にお入りください」と張り紙がしてある。

中へ入る。


奥の方に七十代くらいの女の人がいて、なにか帳簿のようなものをつけている。

顔を上げ、眼鏡越しにこちらを見たので、わたしが下宿の人のことを問うと、

「ああ、あの人でしたらつい今しがたまでおられたのだけれど、いろいろ見て、一番大きな水筒を買われて、食料品店へ行かれましたよ。小さなお店ですが、看板がかかげてありますし、すぐにわかると思います」

その道筋を教えてもらい、今度は小さな食料品店へ向かう。

そこは二手に分かれた細い道を少し入ったところだった。

『普段の野菜やなにかは自分たちで育てているのかしら』

そう考えながら歩いた。

民家の一階が店になっていて、土間に、その日採れた少量の野菜や、乾燥豆、漬物、醤油、保存食のようなもの、缶詰、魚肉ソーセージ、などなど。

大型の冷蔵庫に食べ物をしまっていた割烹着姿の女の人が、

「先ほど、出ていかれましたよ。なにやらいろいろ買っていかれましてね」

ここでもまた行き違いになってしまったと思った。

「ああ、そうそう、そういえば、あけびを見にいくとか、探すとか、そんなふうに言っておられたような。でも、よくわからないわね」

がっかりしているわたしに、気の毒そうに、店の人はそう付け足した。

「この横の細い道を少し入ったところにあるんですよ」

そう言われたので、そちらに行ってみることにした。

店の横の細い路地をしばらく歩いていくと、向こうの方に、銀色のものがちらちらと風に揺らいで見えた。

よく見ると、すすきだった。

風が吹くたびに銀色に揺れ、とても美しかった。

そのそばを通り抜けると、ツタの絡まるフェンスの内側に、あけびが生っていた。

でも、もうすでにほとんど採ったあとで、まだあまり熟していない小さなものが少し残っているだけだった。

少しの間見つめていたけれど、わたしは下宿に戻ることにした。

もしかしたら帰ってきているかもしれない。

いいえ、まだだ。

なぜかそんな気がした。


途中、少し奥まったところに、民家を改築したような雑貨屋さんがあった。

その入り口付近に、服がたくさんかけてあった。

割烹着だ。

いろいろな模様や色合い、中には白いのもある。

わたしの母はいつもこれを着ていた。

中でも、この赤や黄、青、緑の糸をまるめた点々の模様の付いている、冬用のものがわたしは大好きだった。

風邪をひいてのどが苦しいとき、母はこれを羽織って外の冷たい空気の中、おんぶをしてくれた。

わたしは背中で、

『外の空気は冷たくてのどが気持ちいいなあ』

と思いながら、ふと目の前にある、いろいろな色の点々模様に気が付き、手の指でひとつずつつまんで取った。

そして、もう片方の手で取ったものを集めて、点々がいっぱいあるふわふわの丸にして、にっこりした。母に内緒で。

だって言ったらしかられるもの。

「模様を取ってはいけません」

模様は、取っても取っても無くならない。それはとても不思議だった。

でも、ずっとあと、大人になってから、なにかのときに、そのことを話したら、

「そんなことしていたの？　まあ、全然知らなかったわ。模様を取ってはだめじゃない」

と、笑っていた。


古い、雑貨やいろいろなものを売っているお店。

あの割烹着も、こんなお店で買ったものなのかもしれない。

ふと、

『あの人も、もしかしたら、そんなふうに幼い日を過ごしていたのかも。なにも知らないけれど、でもなぜかそんな感じがする。母親と妹との三人で、穏やかにゆっくり流れる時の中を、好きな絵を描いて、ときどき旅をして……。心の中を流れているものが、わたしと、とてもよく似ているのではないかしら』

そんな気がした。

なんの気なしに、奥の方を見ると、女の子が三人、こちらを見ている。

三人同じお顔、三つ子だ。

くるくると黒い瞳。同じ着物。たぶんお祭りが近いのだろう。

ふわふわとした綿あめのような巻き毛。

薄くぼけたような紅色の着物に、帯は三尺帯だ。やわらかな布地で、ふわりと後ろにまとめて花のように結んである。

『まるでコキアのようだな』

中のひとりがくるっと斜め後ろ、裏手の窓の外を見た。

他の子たちも同じように見る。

なにがあるのだろうと、わたしも窓の外へ視線を向けた。

山の上――ずっと奥へ続く道がそちらの方にあるみたいだ。

「道が続いているのね。たぶんそれは鳥居への……」

その子たちの方を見ると、そこにはもう誰もいなかった。

山へ続くらしき裏の戸が開いていて、外から草の香りのする風が入ってきた。

『急がなければ』

そう思った。

もちろん、偶然とかそういうのもあるかもしれない。

でも、なにか物事が起きるときは、ひとつひとつの、パズルのピースのような事柄や状況が重なっていって、そして、最後のピースがはめ込まれたときに初めて、「本当の」あるべき姿で、起こるべき現象が現れるのだ。

来た道を戻り、通りを渡って下宿の部屋へ行くと、先ほどまで置いてあったリュックがなくなっていた。

不安のような、なにか少しどきっとするような、そんな感じがした。

本当に深く強く願わなければ、かなえられない。

どのようなことも、きっと。

見ると窓際の机の上になにか置いてある。

上がってそばへ行く。
なにも書かれていない破いたメモ用紙の上に、和紙で折られた白い小さな鶴。
その横に、一冊の大学ノート。
手に取り、開く。
それは、日記のような——本当の出来事を書いたものなのか、それとも物語なのか
……。
ふと、机の横に立てかけてあったスケッチブックに目が行った。
めくっていくと、鳥居と少女の絵がはらりと落ちた。
絵はスケッチブックよりも少し小さい紙に描いてあり、はさんであったのだ。
あの、本の表紙の絵だ。
裏の下の方に鉛筆で、
『朱い鳥居』
と書いてあった。

ノートを読んでいくと、最後の方のところで、目がとまった。

銀のすすき、
どこからともなく小さな光がチロチロと飛んできた。
手で受け止めて、ぽうっと光る様子を見ている。
ここからではよくわからない、けれど、
それはとても美しい情景だった。

あけび、
薄い紫の、
とても美しい色だね。
これが僕はとても好きなんだ。
ありがとう。
薄いグリーンのお香、二つ焚いてみるよ。

僕のとは少し違った香りがするね。
涼しくやわらかい。

朱い鳥居の場所。
うなずいてくれた。
一緒に行くよ。

約束。

わたしは、持ってきた自分の原稿を入れた大きめの封筒から、自分の物語を取り出し、その代わりに大学ノートと、鳥居と少女が描かれた絵を中に入れた。

下で物音がしたので、部屋を出て階段を下り、管理人室へ。
先ほどの管理人が帰ってきていたので、彼女に封筒を渡し、それを郵便で出してくださいとお願いした。

その人は、「はい、いいですよ」と快く引き受けてくださった。

「ああ、そういえば、ふたつ先の集落、ここは外からはわからないのです。ごくわずかな人達しか知らないのです。もともと最初の村に居たもの達が、そこを出て、もっと奥の豊かな美しい場所に移ってできた小さな村なのですが。まだ他にも少しあるようです、人の集まったところが。距離自体はここからそんなにないのですが、少しわかりづらいところかもしれません。その村でお祭りがあるんですよ」

その人は思い出したように言った。

「お祭り？」

「ええ。二十五日、今日の夜中日付が変わる零時過ぎ、正式には明日からなのですが、三日間、行われます。屋台も組み立て始めていると思いますよ。本祭りの飾りつけも。村の中だけですので、小さなお祭りです。でもとても大切なお祭りです。山の神様と土地神様の。とても深い意味があって――。

提灯を下げて、あとは、月と星と白い花の灯りだけで行われます。子供たちの好きなりんご飴や綿菓子、焼いたおやつ、水風船釣りなどのお店も出ます。健康祈願、五穀豊穣、子孫繁栄を祈願し、神社の境内で行われるお焚き上げの火は、いただいて帰るんですよ。

もとからの土地の人と、その近くに住んでいる者だけで行われるんです。少しずつふもとに下りてきて、今は誰もいないと思われていますが、でもそうではないの。わずかですが残っていて、静かに暮らしているんです。鳥居と神社には、草を刈ったり、手入れするために、みんなが交代でときどき行くのです。

小さなお祭りなんですけれど、みんな、楽しみにしているんですよ。よろしければ見てらしてくださいね。なんとなく、あなたに似合いそうだもの。ここを出られたら、右手に上りの細い道があります。そこを二十分くらい歩いていくと、林が見えてきます。その入り口に、木の立て札で神社への案内が出ています。それに沿って歩いていってください。しばらく林の中を進んでいかれて、そこを抜けたところに、広く開けた場所があります」

ここで、少し話を切って、微笑んだ。

なにか思い浮かべているみたいだった。

目の奥が遠くを見ている。

「そのとき、ちょっと足を止められて――」

なにがあるのかな、と思っていると、ふっと息をつき、

「少ししたら、小さな集落が見えてきます。ここもう人もほとんどいないと思いますが……。そこをさらに進んで、また林を抜けると、ふたつ目の集落の古い家並みがあります。日中は農作業やなにかで人は出払っていて、がらんとしているかもしれません。そこをしばらく行かれると、奥の細い、上へ続く道が見えてきます。そちらへ進んでくださいね。やがて小さな祠が見えてきます。そこを過ぎていくと社務所があり、さらに行くと鳥居が見えてきます。上の方に――。ずっと上に朱くぽつんと――。お祭りはその石の段を上がる手前の少し開けたところで行われます」

お礼を言い、行こうとすると、

「本当に美しいんですよ。星の海を渡っているようで――。ずっと進んでいかれてくださいね」

と、草原を吹く風のように、涼やかに微笑んだ。

『星の海ってなにかしら。この方も、交代で神社や鳥居に行かれているのかもしれない』

そう思っていると、その人の目が静かになった。

「お祭りの意味は、『永遠』なんですよ」

遠くを見るその目を、わたしは、じっと見つめた。

『永遠？　永遠に続く繁栄、永遠に愛する、永遠に繰り返す、永遠にそのまま……。すべてなのかもしれない。全部が永遠に――』

そうして、そこをあとにした。

待っていてね

外には、誰も出ていなくて、音もなく、まるで、「霧の日」のようだった。
霧の日は、急に音がなくなる。
時が止まったみたいに。
人も車も、ストップする。
濃霧、ひんやり流れるミルク色の霧の中、ひとりでずっと立っていたことがある。
あのとき、
『この美しい世界にわたしだけ』
と思えた。
心が霧と一緒に流れていくようで、ゆったりと落ち着いた。
わたしは右を向いて、山へ続く道を歩いた。

空は青いのだけれど、東の方から少し雲が出始めていた。
秋の、遠く高い空だ。
連なった古い街並みを見ながら上りの道を行く。
やがて、木々が立ち並ぶ、暗い林が見えてきた。
その入り口に『神社へはこちら』と書かれた木の看板が立っている。
矢印の方向へ進み、林の中に入っていった。
一歩踏み入れた途端、ひんやりとした空気が流れてきた。
ここは外とは違う。
まったく別と思えるくらいに、蒼い色だった。
冷たい空気の流れる林の中を歩く。

入り口付近は秋の虫が鳴いていた。
でも日の届かなくなる中ほどになると、だんだん鳴き声も聞こえなくなってきた。
ときどき、流れる風が木の葉を揺らすさらさらという音が聞こえるだけ。

やがて先の方が少し明るくなってきた。
中腹あたりに来たのだろうか。
進んでいくと、木が少しずつ空いてきて、そこを抜けると、目の前に広がるのは、
「すすき」
一面の原だ。
それが風に揺れて銀色になびいている。
どこまでもどこまでも続くかと思われる、銀の原。

ふと、思い返す。

列車の窓から見たときは、こんなに広かったのだったかしら。
それにこんな高い山々、近くにあったのだったかしら。

わたしが乗ってきたはずの列車や線路、通り過ぎてきた町は、いったいどこに行っ

たのかしら。

記憶の中の町が、どんどん遠く小さくなっていく。

わたしは、今まで、いったい、どこでなにをしていたのだったかしら。

懐かしい思い出、人も、土地も。

あれはなんだったの。


今、目の前の、ここは、山や木々、山間の美しい谷。

すすきの原。

幾重にも、幾重にも、層になり、木々で埋め尽くされている、深い森。

奥へ行くほどに老樹が増え、樹齢何百年もありそうな巨木もある。

ツタが絡まり、苔が生えて、水を吸うのも忘れてしまったような、枯れているかと思えるくらいのカサカサとめくれた幹。

まるで時間が止まったみたい。

それとも過去に戻っているのだろうか。

外とは異質な、この感じはなんだろう。
わたしは、記憶を辿ってみる。

本当はこんな上を飛んでいたのではなかったか。
ざわざわとする、落ち着かないような……。
でもとても穏やかな、この気持ちはなんだろう。

すすきの原が揺れるのを見ているうちに、
『こちらの方が本当かもしれない』
と思えてくるのだった。

美しいすすきの原。
夕方になるときっと、一面、金色に輝くのだろう。
それは本当に美しいだろう。

さらさらと流れる中を進んでいくと、小さな光がチロチロと瞬きながら飛んできた。

「ホタル？」

小さなそれを受けようと左手を差しだすと、手の中に入ってきた。

ぽうっと光り、揺れながら消えるその瞬間、光の向こうに異なる世界が浮かんだ気がした。

チカチカと瞬きながらふうっと消え、あとに手が少し熱かった。

きゅっと握り、また進む。延々と――。

向こうの方に、さらに高くなっていて、木々が茂ったところがある。

その上の方にちらと見えた朱いもの、あれが、鳥居に違いない。

風になびくすすきの原を進んでいく。

それは、ハープの揺れる弦のよう。

穏やかに打ち寄せる波のよう。

さらさらいう音は、美しい曲のようだと思いながら歩いていく。

虫の声が聞こえる、すすきの揺れる音とともに。

すすきの原の向こうの紫色のリンドウは、風に揺れると、まるでリーンと音を出すみたいに思える。

人がいない。

みんな、どこへ行ったのだろうか。

列車から見た山の――奥、その間の棚田で農作業を総出で行っているのかしら？

水を張っているときは、まるで鏡のように空を映す田んぼ。

白い雲がとてもきれいだ。

秋は、稲穂が実り、金色に輝き、ゆったりと揺れる。

そんな情景を浮かべながら――。

でも、『人がいない』ということ、それがわたしにはうれしい。

だってあのときと同じだもの。

こんなときに、起きてほしいことが起こるのだ。

自然の摂理ってそういうものかもしれない。

誰も見ていないところで、ふっと気が緩み、本当を見せるのだ。

だから、普通ではありえない、どう考えても成り立たないようなことが、誰もいないところで起きる。

人の目には見えないなにものかが、本来ならそんなふうに物事を組み立てたり、進めたりしてはいけないことを、思わずしてしまうのだ。

自然だって心があるもの。

本当は、そんなふうに、いつもと違うことをしてみたいのだ。

紫色の向こうにチロチロと白く揺らいでいるものがあった。

なんだろうと近づいていくと、

「シラタマホシクサ」

長く細い茎先に、白く小さなボンボンがついている。

それが風に揺れていたのだ。

まるで星みたい。

「星の海ってこのことね、きっと」

それは本当に星の海のようだった。
その中を歩いていくと、まるで宇宙を進んでいるみたいだった。
薄く雲がかかり、日が少し陰っている薄紫色の背景に、白く小さな星の珠。
ここは虫が鳴いていない。
なにも音がない。
ただ風が吹いているだけ。
ふと、頬になにか触れた気がした。
振り向いてみたけれど、なにもない。
ううん、そんなはずはない。
今たしかに触れたもの。

ああ、そういえば以前、近くの小学校の養護クラスの男の子が、校庭でしきりになにかに話しかけていたことがあった。
「誰と話しているのかしら」

不思議に思い見たけれど、あのときわたしにはなにも見えなかった。

けれど、もしももっと静かに心澄ましたならば、見えたのかもしれない。

わたしは少し立ち止まり、静かにもう一度よくよく見てみた。

すると、そこには、半透明の、薄いピンク色、水色、薄紫色、レモン色の、ヴェールのような生き物が、ほどけるように漂いながら、わたしになにか語りかけていた。

『ああ、そうだ。あのときあの子が話しかけていたのは、このことだったのね』

あの子の、急に声を出したり、なにもないところに話しかけたりする、少し奇妙と思えるような行動、言動は、この世界を見ていたからなのね。

そのことがわかり、わたしはうれしくて、気が付くと泣いていた。

その生き物たちは歌うように語りかけてくれた。

そして、半透明のヴェールがほどけるように、ゆるくなって、やがて薄く薄く透き通り、ふうっと消えてしまった。


どこまでも限りなく広がり続けそうな星の海も、だんだん白い星花がまばらになってきた。

少し土地が低くなっていて、小さな集落が見えてきた。

ほんの数軒しかない。

今はもう誰も住んでいない、木の家々。

廃村の美しい情景だった。

ゆっくり歩いて過ぎる。

そこから出る寸前、

「くすくすくす」

女の子の声がした。

振り向くと、ちらっと、朱色のスカートの裾が木の向こう側に見えたような気がしたけれど、こんなところにいるはずもない。光の加減だろうか。

気をとりなおして進む。

向こうの方に林が見えてきた。

木々の中へ入る手前のあずまやに立て札があった。

『この先、
村ひとつ越えたところに鳥居あり。
どうぞ鈴をお持ちください。
道に迷わないように。
魔除けになります』
と書かれていた。
奥に、木々に囲まれた小さな社務所のようなところが見える。
けれど人の気配がない。
『魔除け？　なにかが惑わすの？　なにがそうするの』
迷わすものは自分の内にあるのかもしれない。
立て札に釘が打ってあり、それに、組み紐のついた鈴が、いくつかかけてあった。
朱、青、紫、黄土色、薄緑ほか、いろいろ。

わたしは朱い組み紐の鈴を取った。
紐を鈴から外して、髪を後ろでひとつに束ねて、結わえた。
鈴は、ポケットの中に入れた。
歩くたびにコロンコロンと音がしてうれしかった。
すすきはここまで。
この先は、さらに木が生い茂った林の中に入っていくのだ。
青く陰った木々の立ち並ぶ中、歩いていく。
どこまでも続く。
ずっとずっと歩いていくのだ。
でもずっと続くと思われることもいつかは終わりがくる。
そうしたらまた、そこから進んでいけばよいのだ。
なにをどう歩いてもよいのだ。
考えながら歩いていると、向こうの方が少し明るくなってきた。
まだそんなに暗くはないのに、ちらちらと明かりが見える。

あれは家々の明かりだろうか。

それとも、お祭りで吊り下げられた提灯の灯りだろうか。

提灯の中のろうそくが風に揺らぐのを見るのは、とても好きだ。

それがずっと連なっているものなら、わたしはその灯りを辿ってどこまでも行くだろう。


その先になにがあるのだろうか。

なにが待っているかしら。

きっと人がまだ見たこともないようなことが起こるのに違いない。


こんなふうにひとりで歩いているときはいつも、わたしは自分と対話する。

そうして、ときどき、小さなころのわたしを見つけ、そちらの方を向く。

その子はいつも空を見上げ、花を見て、虫や小さな動物たちのあとを追い、葉の陰にいる小さなものたちを見つけて「友だちになるのだ」と木の陰で、じっと待つ。

けれど、それらのものたちはなかなか姿を見せない。

いつも、がっかりして、また「次こそは」と家に帰る。

その道々にも、ずっと頭の中で考えていたね。

でもそれを言葉にすることはなくて――。

だってみんな、忙しかったから。

みんな自分のことで頭の中がいっぱいなのだもの。

本当はもっともっと、お話ししたかったのだけれど。

親は家の仕事や小さな弟の世話で手がいっぱいだったし。

でも、だからといって別にどうということはなく。

わたしは大きいから自分で遊べるのだもの。

そのことは、もういいのね。

「これからは、頭の中のお話を口に出して言ってみて。そうするとそれが本当のことになるのだから」

と、自分に話しかけている。

こくんとうなずく、小さなときのわたし。

物語が好きだったね。

ときどきこちらを向いて、お話を聞かせてくれた少しの大人たち。

その人たちの前でいつもわくわくして待っていた。

それが始まり、進んでいくうちに、もう、お話を聞いているのではなくて、

「本当は自分が、もうすでにその中にいるのだ」

物語の中に入って、旅をして、冒険をして不思議な目に合って。

だからときどき、夢の中ともつながってしまうんだね。

最初は、今のこの世界が、ほとんどすべてだったのだけれど、だんだんと、お話の中の方が膨らんでいって、広く広くなっていって――。

もとのところは押しやられ、小さくなっていく。


「思うとおりに歩けばいい」

わたしはずっと気になっている。

あの、あのときの約束、守らないとね。
そうして一緒に行くのだ。
ふたりならば、きっと楽しくあたたかい。
そうすれば、風邪をひくこともないもの。
そうして、もっとずっと深い、奥に連れていってあげるのだ。

「待っていてね」

そんなふうに考えていると、ほら。
ときどき、少し前にうっすらと、こもれびのスクリーンに女の子が駆けていく。
肩までの髪、やわらかに自由になびかせて。
わたしもあとを追う。
その先に広がるのは、どこまでも続く草原。
終わりのない森。
考えながら歩いていると、どんどん周りの景色が広がって、道は伸びて、永遠になる。

もしかしてお祭りの意味の『永遠』は、こういうことだったのかしら。


木々の間から光が半透明のヴェールのように差し込んでいる。

森を裸足で歩く夢を見たことがある。

そのときもちょうどこんな感じだった。

薄い光を手に取り、すっと引くと、それは布になり、わたしはその布を身にまとって歩いた。

夢はいつも途中で目が覚める。

本当はもっと続きが見たいのにな。

そういえば、あのとき、古書店の人は、

「たしか、もっと小さな女の子だったと思うのだが」

そんなふうに言っていた。

それにあの物語の最後、最初見たときと違っている。

そうだ、あの中でお話は続いているのだ。

永遠に――。


どこまでも続くと思われた林も、村への入り口が見えてきた。

入り口のところに立て札があったのだけれど、なんという名の村か、字がかすれていてよくわからない。

わたしは中へ入っていった。

小さな集落だった。

軒先にたまねぎや、だいこん、干し芋などが吊してあった。

これから冬を迎えるための準備だろう。

干して保存用にして、冬の間みんなで少しずついただくのだ。

囲炉裏の前で。

そんなふうに思いながら……。

それにしても静かだなあ。

みんなどこへ行ったのかしら。

でも、ところどころの家の前にお祭りの道具があったり、組み立て途中の神輿が置かれていたりする。

提灯は灯りを点けるばかりになって軒先に吊してある。

きっと、なにか、お祭りの用意をしに出かけているのだろう。

小さな村だもの。村の人全員で行っているのだ。

少し大きい家の前に行くと、入り口のところに張り紙がしてあった。


『お祭りの準備で、裏の畑におります。

今年は、薬物もよいのがたくさん採れました。みなさんの分も持っていきます。

当番の方々はそれぞれお役目をお願いします。

瓜の係の方は、中をくりぬいてください。できれば四つほどご用意ください。

南瓜もくりぬき、中に灯りをともしましょう。

わたしも裏山の野菜を収穫し次第すぐに合流します。

鍋の係の方は、大小ふたつずつ用意しておいてください。

最後に、倉庫の鍵をお願いします。右から三番目の釘に戻しておいてください。

それから籠は三つ用意できています。

今年は例年よりも甘くみずみずしく、果物の出来がよいです。

お供えをし、最後にみんなで分けましょう。

また来年に向けて、みんなでお祈りしましょう』

大人も子供も全員が、お祭りの準備で忙しいのだ。

そういえばそこに置いてある道具も、まるでつい今しがたまでそこに人がいて、作業をしていたかのようだ。

そしてふと、先にやらなければいけないことを思い出し、準備もそこそこに道具を置いて出かけていったのだろう。

まるでなにかの話で読んだような感じだ。

あるときふっといなくなる――三点を結んだ領域。

三角は不思議な形なのだ。

きちんと三つ角があり、線で囲まれていて、その中心にいるものは、守られているようで、じつはとても不安定。

そういえば、ここの集落は山の位置がちょうどそんなふう。

三つの山、三角の間の土地。

ほかのことばかり考えていると、ふっと迷い込んでしまいそう。

だからこそ、きちんと歩かないとね。


ふと、張り紙の下を見ると、木の箱にトマトが五つほど入っていた。

『ちいさなこたち、トマトをじめんにうえてみてね。

するとめがでて、くきは、どんどんのびていく。

そうしてそのまま、トマトはじぶんでおおきくなるの。

みんながうえてくれればね、たくさんトマトができますから。

むらをおいしいものでいっぱいにする、おてつだいをしてね。
あかくて、しっとり、おおきなみができたら、みんなでたべましょうね』
小さな子たちも、そんなふうにお手伝いをする村の一員なのだと微笑んだ。

静かな集落を歩いていくと、ふうっとどこからともなく甘いよい香りがしてきた。
金木犀。
見ると、数メートル先の家の庭に、大きな木が金色の花をつけている。
夜はきっと金の星のように目印になるのかもしれない。
その前にあるのが、銀木犀。
銀木犀には香りがないって本当かしら。
村を出るところで振り返ると、ずいぶん古い家々ばかりだなあと思った。
時が止まっている。
いいえ、それはわたしの方かも。

そしてゆっくりと動き出す。
過去へ、
未来へ、
どこへでも。
古い昔の造りの家々。入り口の戸は、開いている。
裏から、すうっと流れてくる風がひんやりと、草や木の香りを運んでくる。
夏は涼しく冬は暖かい。
きっと中には囲炉裏があって、みんなでそれを囲むのだろう。
床板は上げられるようになっていて、中は冷たく天然の冷蔵庫だ。
そういうのっていいなあ。
家族団らんの様子を思い浮かべ、なんだか懐かしいような、少し物哀しいような、
そんな気持ちを抱きながら、ゆっくりと歩く。
カタン。
音がしたのでそちらを見ると、作りかけの屋台の木の一部が倒れたのだった。

静かな村。
みんなが互いに思いあい気遣いあって暮らしているのだろう。
必要なものは必要なときにいただきに行く。
少しだけ、必要なだけ、大切に、自然から。
なんだかとても懐かしい気がする。
ずっと小さなとき、そんなふうに暮らしていた気がする。
ふっと息をつき、前を向く。
前の方は土地が小高くなっている。
近づいていくと、草の中に埋もれそうな石の階段が見えてきた。
その手前に、木の看板があり、墨の文字で、
『この先、石の段を上ったところ、入り口の鳥居あり。
ここを進む前に、清水で手を清めてください』
看板の横に、柄杓が三本かけてある。
一番古く木目の美しいものを一本手に取り、岩の間からチロチロと流れている水を

汲む。

冷たそうだな、と思いながら、片方ずつ手を洗い、水を見ると、透明度がとても高く美しい。

次に、柄杓の水を手で受けて口に含んだ。

それはとてもおいしい。

今まで飲んだ、どのときの水よりも。

体全体に染み渡る。

柄杓を元の位置に戻す。

石の段の手前に、少し開けた土地がある。

ここでお祭りが行われるのだろう。

木で立てかけた簡易な屋台が半分だけ作った状態で置いてある。

その横に、綿菓子を作る機械、金魚を入れるタライ。

水風船のプールには、まだ水が入っていない。ホースが、水を入れるばかりになって水道の蛇口につながっている。

店の人は、なにか足りないものでも取りにいっているのだろうか。

あとはすぐに水を入れ、色とりどりの金魚を放つ。子供たちのたくさんの笑顔が心に浮かんだ。

山の奥の小さな村だもの。

電灯もほとんどないから、提灯の揺らぐ灯りでさえ、とても明るいに違いない。

その灯りは、天へ行った人たちがこちらへ来るための大切な目印。

遠く高いところから見ていても、きっとすぐにわかるだろう。

ずっと上から灯りを辿って帰ってくるのだもの。しっかりお迎えしないとね。

だから、村の方たち全員で執り行うのだ。

でも今は、誰もいない。

とても静かだ。

お祭りが行われる開けた土地の向こう側に、木の生い茂った山奥へ続く石の段がある。

そこまで歩いていき、上がる。

見上げると、長く長く上へと続いている。
上の方は雲か霧か薄く白いもやがかかっていてよくわからない。
もしかしてどこまでも延々と続いているのではないかしら、と思えるほど。
薄い雲の向こうから白い太陽が照らす。
それはとても暖かい。
今日は、本当はとても寒かったのではなかったか。
風邪をひきそうなくらいなのではなかったか。
止まっていた歯車を手で押すみたいに、わたしは進む。
薄い雲の向こう側で太陽が静かに照らしている。
顔が暖かくなってきた。
わたしが先に行くのだ。
そうしてあの人を待って――あの人は、来る。
鳥居をくぐり、その向こう側へ、今日はずっと奥へ連れていくのだ。
その向こう側に広がる美しい世界。

やがて、朱い鳥居が見えてきた。

朽ちて、もうすぐ取り壊されてしまうという、ところどころささくれだった、木でできた鳥居。

間に合ってよかった。

これは、きっと門なのだ。

そして、入り口。

わたしは、鳥居のすぐ前まで上った。

門をくぐって向こう側へ行くために。

朱に塗られた木の柱に手を添えて振り向いた。

風が吹いている。

木の葉が揺れる。

音が聞こえる。

やがて、その人は現れた。

石の階段の下の方から。

リュックを背負って、一段一段上ってくる。

そうして上を向いて、わたしのことを認めると目で微笑んで、すぐ近くまで上ってきた。

目が合った。

彼のリュックにスケッチブックが入っている。

「前に見て描き、物語を作っていきたい」

あのときそう言った。

それは約束。

ふたり、鳥居の門をくぐる。

そしてそのまま、上への段を上がっていく。

向こう側に広がる深い森、そのさらに奥、無限の世界。

ふたりのあとを美しい自然が静かに包み込む。

物語の終わりと始まり

バサッ。
本が落ちる。
古書店の主は、丸い眼鏡で落ちた本の方を見る。
外からは夕刻の、少し斜めに入る飴色の光。
逆光になっていて、眼鏡も同じ色。
本の整理をしていた手を止め、もう片方の左手で落ちた本を拾う。
それは、あの鳥居の本だった。
薄ぼけた色の本の角は擦れて丸くなっている。
なぜ落ちたのだろう、と首をかしげながら本を見て、ふと、裏に返す。
するとそこには、山の中腹の、木々に囲まれた間にある、古く朱い鳥居の絵。
その中で、女の子が、リュックを背負った学生らしき人とふたりで、鳥居の門をくぐって向こう側へ行こうとしているところだった。

山の上の方のもっと向こう、そこは美しい景色が無限に広がっていた。

じっと見つめる店主の瞳がやわらいだ。

『ああ、よかった』

右手で、本のほこりを払い、そっと元の位置に戻す。

先ほどよりももう少し下から差す長い飴色の光が、店の古いガラスを通り、中に入ってくる。

眼鏡も染まる。

薬指には金色の指輪が鈍く光る。


窓の外には古い街並みが続いている。

どこまでも、どこまでも。

それはまるでレトロな映画の一場面のように。

物置の奥から見つけた、古いアルバムの中の色あせたセピアの写真のように。

どこか、物哀しく、美しい。
通りの向こうの雑貨屋の窓に映る夕日。
街を染めるそんな中の一角。
細い道の角、縦長の古い書店。

それはまるで、

遠い昔に見た、薄い布に映る、

幻燈のよう。

著者プロフィール

高科 幸子（たかしな ゆきこ）

愛知県出身・在住　O型　やぎ座　家族４人。
好きなもの・こと：自然なもの、不思議な自然現象、ものごとの観察、創意工夫、美術全般、民族音楽鑑賞、鉱物・化石、変わったもの集め
〈著書〉『風の吹く日に』（2010年１月、東京図書出版会）
『遠い日の詩《うた》』（2011年10月、文芸社）
『本当に大切なのは愛すること』（2013年８月、日本文学館）
『絵のない大人の絵本』（2014年５月、日本文学館）
『真昼の夢・青いネモフィラ』（2015年12月、文芸社）
『猫の回覧板』（2016年８月、文芸社）
『天《てん》の河《かわ》』（2017年２月、文芸社）
『水《みず》の郷《さと》』（2018年７月、文芸社）

朱い鳥居

2019年８月15日　初版第１刷発行

著　者　高科 幸子
発行者　瓜谷 綱延
発行所　株式会社文芸社
〒160-0022　東京都新宿区新宿1－10－1
電話　03-5369-3060（代表）
03-5369-2299（販売）

印刷所　株式会社フクイン

ISBN978-4-286-20750-6